DIE LEBENDE TOTE

SZENARIO
OLIVIER VATINE

ZEICHNUNGEN
ALBERTO VARANDA

FARBEN
OLIVIER VATINE

FARBEN ASSISTENZ
ISABELLE RABAROT

Olivier Vatine

Alberto Varanda

Weitere Veröffentlichungen:

Vatine

Aquablue | Splitter
Cixi | Carlsen
Tao Bang | Splitter (alt)
Star Wars | Feest
Mc Callum | Ehapa
Nuork | All Verlag
Trio Grande | Feest

Varanda

Die Legende der Drachenritter | Splitter
Benjamin | toonfish
Das verlorene Paradies | Splitter
Schimmer des Lichts | Splitter (alt)
Elixier | Carlsen
Bloodline | Splitter (alt)

SPLITTER Verlag
1. Auflage 06/2019
© Splitter Verlag GmbH & Co. KG · Bielefeld 2019
Aus dem Französischen von Tanja Krämling
LA MORT VIVANTE
Copyright © 2018 Editions Glénat / Comix Buro by Olivier Vatine & Alberto Varanda
All rights reserved
Adaptation of a Stefan Wul novel
Redaktion: Aylin Kuhls und Sven Jachmann
Lettering und Covergestaltung: Malena Bahro
Herstellung: Horst Gotta
Druck und buchbinderische Verarbeitung:
AUMÜLLER Druck / CONZELLA Verlagsbuchbinderei
Alle deutschen Rechte vorbehalten
Printed in Germany
ISBN: 978-3-96219-312-6
Ebenfalls erhältliche auf 444 Exemplare limitierte Sonderausgabe:
ISBN: 978-3-96219-313-3

Weitere Infos und den Newsletter zu unserem Verlagsprogramm unter:
www.splitter-verlag.de

News, Trends und Infos rund um den deutschsprachigen Comicmarkt unter:

www.comic.de
Verlagsübergreifende Berichterstattung mit
vielen Insiderinformationen und Previews!

4

MUTTER, SIEH MAL, DIE VIELEN BÜCHER, DIE SIE AUS DEM LOCH HOCHZIEHEN!

NUR BÜCHER, ALEX? MEHR NICHT?

WIR HABEN ALTMODISCHES LABORMATERIAL HOCHGEBRACHT UND AUCH EIN PAAR MÖBELSTÜCKE... ICH DENKE, DIESES GEBÄUDE HAT UNS ALL SEINE SCHÄTZE GEGEBEN, MARTHA.

DIE BÜCHER SIND HAUPTSÄCHLICH WISSENSCHAFTLICHE WERKE. ICH HABE EINEN KÄUFER AUF DEM MARS, DER GANZ SCHARF AUF DIESE VOM INSTITUT VERBOTENEN ALTEN SCHINKEN IST.

UND DIE ÜBERFLUTE-TEN ETAGEN?

ICH HABE EIN TAUCHTEAM RUNTERGESCHICKT. ICH FUNKE ES AN UND FRAGE, WIE ES STEHT...

LISEEEEEE!

MARTHA, NEIN!

ALLMÄCHTIGER...

DREIBEINIGE KRAKEN...
ICH HABE DAS ALS AMMEN-
MÄRCHEN ABGETAN, GENAU
WIE DAS MONSTER VON LOCH
NESS ODER DIE SATURN-
STRATOPTEREN...

AN DIESEN MONSTERN
IST MEINER MEINUNG
NACH NICHTS LEGEN-
DÄRES

NEIN...

... UNSERE ART DARF MIT DER DER MENSCHEN KEINEN KONTAKT MEHR HABEN...

... GIB DEN ELTERN IHR MENSCHENKIND ZURÜCK UND LASS UNS WOANDERS EIN ANDERES NEST FINDEN.

ICH BIN BEREIT, LASST MICH AUF DEN GRUND RUNTER!

WARTE!

LISE...

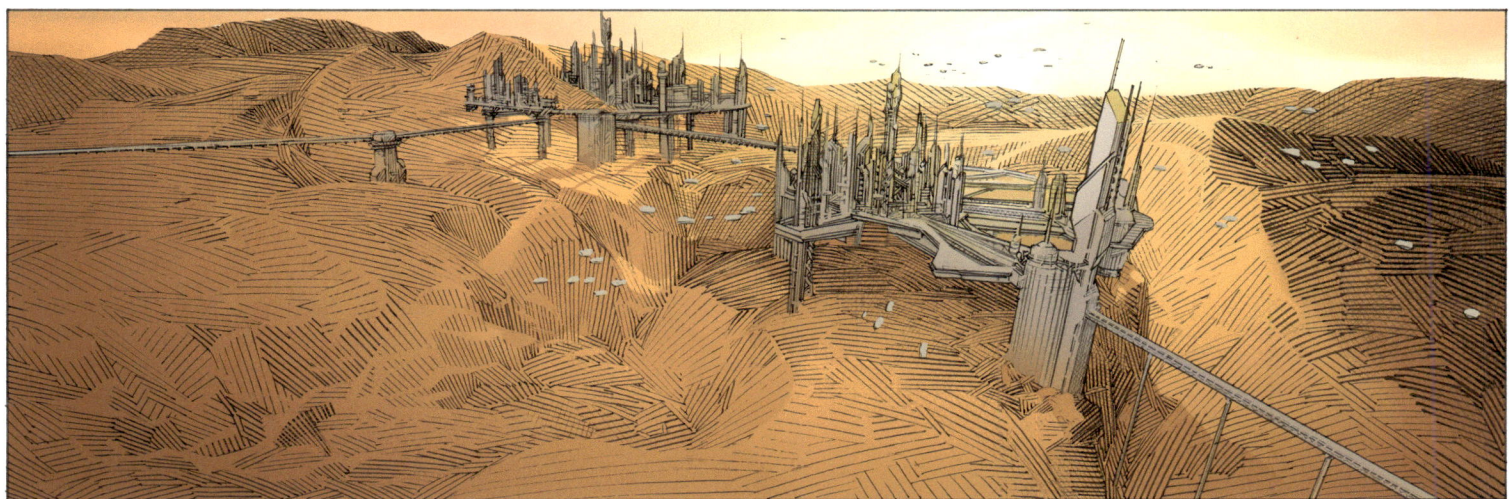

MARS – PAVONIS CITY, INSTITUTSPALAST.

JOACHIM BOSTROM, SIE GEBEN ALSO ZU, IM BESITZ VERBOTENER BÜCHER ZU SEIN, DIE VON DER ALTEN ERDE STAMMEN?

JA, EUER HÜTER.

ALEX?!

HALLO, JOACHIM. SIE ZIEHEN JA EIN GESICHT. HABEN IHNEN MEINE LETZTEN BÜCHER NICHT GEFALLEN?

WENN SIE HIER SIND, UM MIR WEITERE ZU VERKAUFEN, DANN VERGESSEN SIE'S. MEIN KONTO UND MEIN LABOR WURDEN BESCHLAGNAHMT.

EIGENTLICH WOLLTE ICH SIE VIELMEHR DAZU EINLADEN, SIE BEI MIR ZU LESEN.

AUF DER ERDE?! ICH WURDE GERADE UNTER HAUSARREST GESTELLT UND DARF DIE STADT NICHT VERLASSEN! UND DEN PLANETEN SCHON GAR NICHT...

KEIN PROBLEM. WIR HABEN DAS ÜBER-WACHUNGSSYSTEM UM IHRE WOHNUNG HERUM AUSGESCHALTET. NICHTS HINDERT SIE DARAN, DISKRET ZU VERSCHWINDEN UND UNS ZU BEGLEITEN.

>>UNS<<?

JOACHIM, DARF ICH VORSTELLEN: HUGO.

SE...SEHR ERFREUT.

BITTE ENTSCHULDIGEN SIE IHN, WENN ER SIE NICHT BEGRÜSST, ER IST STUMM.

WARTEN SIE! LASSEN SIE MICH ZUMINDEST EIN PAAR SACHEN PACKEN...

KEINE ZEIT. STEIGEN SIE EIN!

DIE ERDE, WIEGE DER MENSCHHEIT! UNSERE PASSAGIERE WERDEN GEBETEN, FÜR DEN EINTRITT IN DIE ATMOSPHÄRE IHRE RÜCKENLEHNEN IN EINE AUFRECHTE POSITION ZU BRINGEN!

HMM...?

WACHEN SIE AUF, JOACHIM, SONST VERPASSEN SIE NOCH DAS SPEKTAKEL.

HMMPF...

HUGO MUSSTE IHNEN EIN LEICHTES BERUHIGUNGSMITTEL VERABREICHEN. SIE WAREN ZU UNRUHIG BEIM START.

DANN KANN IHR VERUNSTALTETER LEIBWÄCHTER NICHT DOSIEREN, ICH KOMME KAUM IN DIE GÄNGE.

HABEN SIE GEDULD MIT IHM. ICH HABE SEIN BETRIEBSSYSTEM NOCH NICHT GANZ AKTUALISIERT.

»BETRIEBSSYSTEM«?! SOLL DAS ETWA HEISSEN, HUGO IST EIN...

... WAS DENN EIGENTLICH?

EIN CYBORG.

ICH HABE IHN IN DEN TRÜMMERN EINES MILITÄRLAGERS GEFUNDEN. ABGESEHEN VON EINER LEICHTEN OXIDIERUNG SEINER OBEREN HAUTSCHICHTEN IST ER IN RECHT GUTEM ZUSTAND.

UND WENN ICH ES SCHAFFE, EINE KOMPATIBLE SOUNDKARTE AUFZUTREIBEN, WIRD ER EINEN SEHR ANGENEHMEN REISE-GEFÄHRTEN ABGEBEN.

HÄTTEN SIE MICH NICHT UNTER DROGEN GESETZT, HÄTTEN WIR UNS WÄHREND DES FLUGS UNTERHALTEN KÖNNEN.

EIN PUNKT FÜR SIE.

GEHÖRT DAS ENTFÜHREN VON GÄSTEN ZU DEN ANSTANDSREGELN AUF DER ALTEN ERDE?

MEINE CHEFIN NIMMT NORMALER-WEISE DAS PROTO-KOLL SEHR ERNST. WÄRE UNSER TER-MINPLAN NICHT SO VOLL GEWESEN, HÄTTEN WIR IHNEN MIT SICHERHEIT EINE EINLADUNG GESCHICKT.

IHRE CHEFIN? KENNE ICH DIE?

NEIN, ABER ICH HABE IHR VON IHREN TALENTEN IN NANOBIO-LOGIE BERICHTET, EINE DIS-ZIPLIN, DER MAN IN UNSERER ALTEN WELT NICHT AN JEDER STRASSENECKE BEGEGNET. ÜBRIGENS HABEN WIR AUCH KEINE STRASSEN MEHR.

IST SIE KRANK? ICH BIN NÄMLICH KEIN ARZT.

ES GEHT NICHT UM SIE, SONDERN UM IHRE TOCHTER.

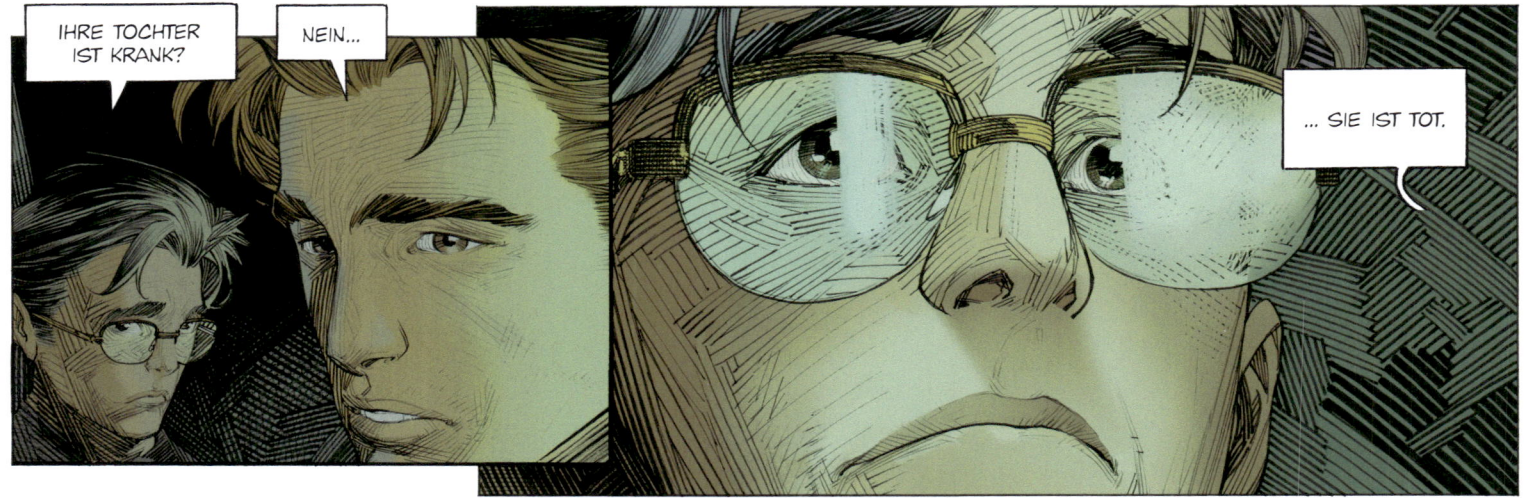

IHRE TOCHTER IST KRANK?

NEIN...

... SIE IST TOT.

KOMMEN SIE, ICH MACHE SIE FÜR DEN AUSGANG FERTIG. UNSERE LANDE-ZONE IST NICHT VOLL-STÄNDIG DEKONTAMINIERT.

ZIEHEN SIE DEN ANZUG ERST AUS, WENN SIE IM SCHLOSS SIND. HUGO WIRD SIE FÜHREN. LASSEN SIE IHN KEINE SEKUNDE AUS DEN AUGEN.

MACHT ER SICH NICHT BEREIT?

HUGO WURDE KONZIPIERT, UM SICH IN EINEM RADIOAKTIVEN UMFELD ZU BEWEGEN.

UND SIE KOMMEN NICHT?

ICH WERDE AUF EINER AUS-GRABUNGSSTÄTTE ERWARTET. SCHMUGGEL IST EIN VOLLZEIT-JOB. WENN ICH BÜCHER FINDE, LEGE ICH SIE IHNEN BEISEITE.

16

MADAM.

SEIEN SIE BLOSS NICHT SO STEIF. NENNEN SIE MICH MARTHA.

EINE GUTE WAHL, IHR TWEED FISCHGRÄTEN-MUSTER-ANZUG. BEI DER ERKUNDUNG DER ORKNEY-INSELN HABEN WIR EIN GANZES LAGER DAVON GEFUNDEN...

ICH...

EINE SEKUNDE, JOACHIM...

DER SPEISESAAL IST EISKALT. HUGO, DECK DEN TISCH IM WOHNZIMMER, WÄHREND ICH UNSEREM GAST DAS LABOR ZEIGE.

KOMMEN SIE MIT, JOACHIM.

KOMMEN SIE NÄHER, JOACHIM, ICH WERDE IHRE IRIS FÜR DEN ZUGANG ZUM LABOR SCANNEN.

NUR KEINE ANGST, VANDA IST NICHT GEFÄHRLICH.

DAS IST...

LISE, MEINE TOCHTER.

WIE IST SIE GESTORBEN?

EIN STURZ ÜBER MEHRERE ETAGEN AUF EINER AUSGRABUNGSSTÄTTE.

UND WAS ERWARTEN SIE VON MIR?

EIN WUNDER?!

ICH GLAUBE NICHT AN WUNDER, JOACHIM, AUCH ICH HABE EINE WIS- SENSCHAFTLICHE AUSBILDUNG...

NEIN, WIR WERDEN LISE KLONEN.

ICH GLAUBE, SIE ÜBERSCHÄTZEN
MEINE KOMPETENZEN, MARTHA.
DAS INSTITUT HAT MICH WEGEN
BESITZES VON GESCHMUGGEL-
TEN WERKEN SUSPENDIERT, DIE
ICH IHREM VERTRAUENSMANN
ABGEKAUFT HABE...

... MEINE KENNTNISSE
SIND GRÖSSTENTEILS
THEORETISCHER NATUR.

SPIELEN SIE NICHT MIT MIR, JOACHIM. ICH WEISS, DASS ES IHNEN MIT EINER KLEINEN GRUPPE VON STUDENTEN GELUNGEN IST, ANHAND VON ZELLEN ERWACHSENER MENSCHEN EMBRYONEN ZU ZÜCHTEN.

GUT, ES STIMMT. ABER GEGEN EINES DER MITGLIEDER DER GRUPPE WURDE INTERN ERMITTELT, DESHALB BEKAMEN WIR ANGST UND HABEN UNSERE ZELLKULTUREN ZERSTÖRT.

DIE EMBRYONEN WAREN LEBENSFÄHIG, NICHT WAHR?

ALSO... JA, DAS IST RICHTIG. ABER SIE WAREN ZUR HERSTELLUNG VON STAMMZELLEN GEDACHT. EINEN KOMPLETTEN ORGANISMUS ZU ERSCHAFFEN IST EINE VÖLLIG ANDERE SACHE...

WOHER ZUM TEUFEL WISSEN SIE VON DIESER GESCHICHTE?

HUGO, BRINGST DU UNS BITTE DEN KAFFEE?! UND AUCH COGNAC, UNSER GAST MUSS SICH EIN BISSCHEN ENTSPANNEN.

NEHMEN WIR AN, ES GELINGT UNS, EINE KNOSPE ANHAND VON LISES DNA ZU ERHALTEN, WAS NICHT SO EINFACH WIRD, ANGESICHTS DES FEHLENDEN MATERIALS IN IHREM LABOR...

MACHEN SIE MIR EINE LISTE. MEINE TEAMS WERDEN SCHON FINDEN, WAS SIE BRAUCHEN.

ICH BEZWEIFLE DIE EFFIZIENZ IHRES NETZ- WERKS KEINESWEGS, ABER EINEN BRUTKASTEN AUFZUTREIBEN...

KAPITEL 4: TAGEBUCH

ICH HABE IM LABORINVENTAR EINE GYROCAM MIT ARMBAND
GEFUNDEN UND BESCHLOSSEN, EIN TAGEBUCH ZU FÜHREN,
UM MEINE ARBEIT HIER ZU DOKUMENTIEREN.

TAG 1: MARTHA INFORMIERT MICH, DASS DAS FEHLENDE MATERIAL IN ZWEI
WOCHEN DA SEIN WIRD. SIE IST SEHR HÖFLICH, ABER BLEIBT AUF DISTANZ.
SICHER BETRACHTET SIE MICH ALS IHREN ANGESTELLTEN IN SACHEN GENETIK,
EINEN BUTLER, DER SICH MIT DEM KLONEN AUSKENNT.

TAG 3: UM DIE WARTEZEIT ZU ÜBERBRÜCKEN, VERSUCHE ICH, FÜR HUGO EINE
SPRACHSYNTHESE-ANWENDUNGSSOFTWARE ZU BASTELN. WENN ICH ES SCHAF-
FE, SIE IHM EINZUBAUEN, HÄTTE ICH JEMANDEN, MIT DEM ICH REDEN KANN.

TAG 7: EIN KLEINER ERFOLG: HUGO
SPRICHT! ZWAR MIT BRÜCHIGER STIMME,
ABER ICH HABE NICHTS GEFUNDEN,
WAS ZU SEINER STATUR PASST.

ER IST NICHT SONDERLICH GESPRÄCHIG, ABER ERZÄHLT MIR IMMERHIN, DASS IHN
MARTHAS TEAM IM WRACK EINES ORBITERS FAND, DER NOCH AUS DEN KRIEGEN VOR DEM
EXODUS STAMMTE. ICH FRAGE IHN NACH SEINEM ALTER UND ER HÄNGT SICH AUF. SICHER
STIMMT IRGENDWAS NICHT MIT SEINER BIODISK. ICH NEHME MIR VOR, DAS ZU BEREINIGEN.

ENDLICH HABE ICH SEINE
SERIENNUMMER GEFUNDEN:
HUGO IST NEUN JAHRHUN-
DERTE ALT. DAS IST ENORM,
SELBST FÜR EINEN CYBORG.
ER HAT DAHER SO EINIGES
ZU ERZÄHLEN...

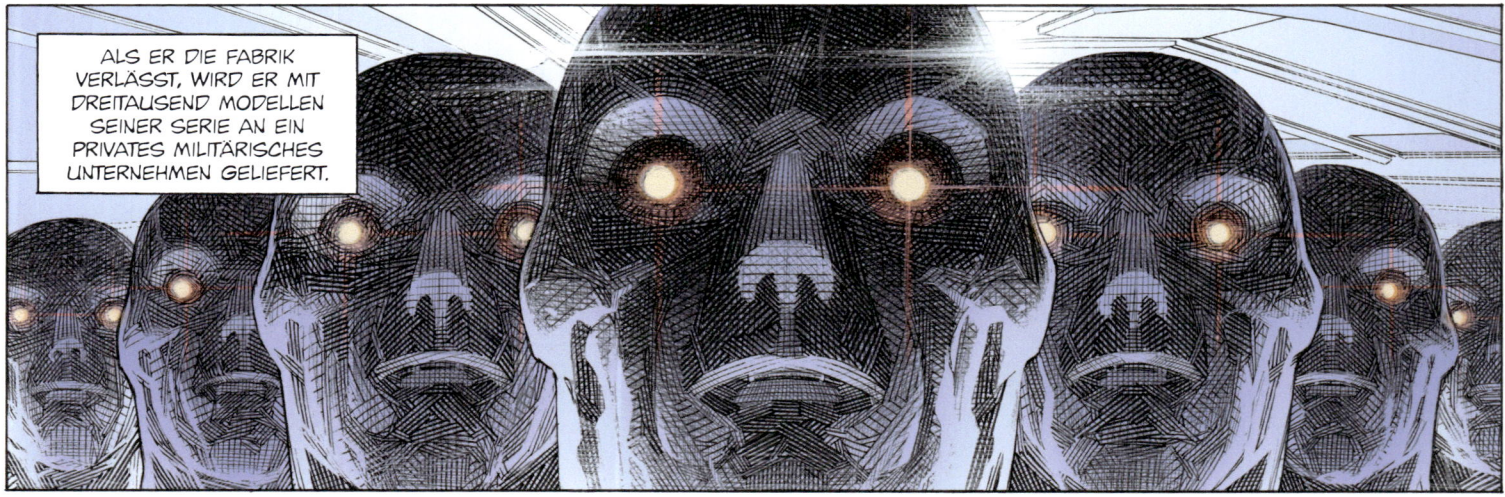

ALS ER DIE FABRIK
VERLÄSST, WIRD ER MIT
DREITAUSEND MODELLEN
SEINER SERIE AN EIN
PRIVATES MILITÄRISCHES
UNTERNEHMEN GELIEFERT.

ZUNÄCHST ENTSENDET
MAN IHN IN DIE MINENKO-
LONIEN DES GÜRTELS, UM
EINE STREIKBEWEGUNG
NIEDERZUSCHLAGEN.

DANN WIRD ER AN DIE
BETREIBER DER MINENGE-
SELLSCHAFTEN VERLIEHEN,
UM DIE WÄHREND DER
AUFSTÄNDE GETÖTE-
TEN ARBEITSKRÄFTE ZU
ERSETZEN, BIS EIN NEUES
KONTINGENT GEFÜGIGER
MINENARBEITER EINTRIFFT.

NEUER EINSATZ: DIE ERDE, WO
SEINE GRUPPE NACH SÜDOSTASIEN
VERSETZT WIRD. DIE MUTANTENKRA-
KEN, VON DENEN MAN ANNAHM, SIE
SEIEN AUSGESTORBEN, MACHEN
WIEDER VON SICH REDEN.

SPÄTER FINDET MAN IHN BEI DER
ÜBERWACHUNG DER WELTRAUM-
DOCKS, WO SICH DIE RAUMSCHIFFE
FÜR DEN TRANSFER DER ÜBERLE-
BENDEN BEVÖLKERUNG ZUM
MARS VERSAMMELN.

ER IST AN DIE 200 JAHRE ALT,
ALS SEINE GRUPPE NACH EINEM
VERFEHLTEN EINTRITT IN DIE
ATMOSPHÄRE WÄHREND EINES
ANSCHLUSSFLUGS ABSTÜRZT.

SIEBEN JAHRHUNDERTE VERGEHEN,
BEVOR EINES VON MARTHAS TEAMS
IHN AN DER ABSTURZSTELLE FIN-
DET. NEU PROGRAMMIERT, WIRD ER
SCHNELL FÜR DIE WARTUNGSAR-
BEITEN UNERSETZLICH. IN DIESER
ZEIT, VOR ZEHN JAHREN, WIRD
LISE GEBOREN.

DAS KIND GEWANN DEN CYBORG
SCHNELL LIEB, UND ER WAR IHM SO
ERGEBEN WIE EIN GROSSER HUND.
VON NUN AN BEHANDELTE IHN MARTHA
WIE IHREN BUTLER UND LISE MACHTE
IHN ZU IHREM KINDERMÄDCHEN.

HUGO WAR AM TAG DES UNFALLS
NICHT ZUGEGEN, UND IN GEWIS-
SER WEISE GLAUBE ICH, DASS ER
SICH VORWÜRFE MACHT. IN SEINEM
SPEICHER HAT ER KOPIEN VON DEN
VIDEOS DER BERGUNG DURCH DIE
TAUCHER... DIE KRAKEN... MARTHA
HATTE SIE NICHT ERWÄHNT, ALS
SIE MIR VON LISES TOD ERZÄHL-
TE. WAR ES EINE ABSICHTLICHE
UNTERLASSUNG?

DAS VERSTÖRENDSTE IST EINE
STELLE, WO EINES DER MONSTER
ÜBER EINE ART FADEN, DER AUS
SEINEM KOPF WÄCHST, IN VER-
BINDUNG MIT DER KLEINEN TRITT.
WAS PASSIERTE WÄHREND DIE-
SES AUSTAUSCHS? ICH STARTE
EINE RECHERCHE IN DER DATEN-
BANK DES SCHLOSSES. NICHTS.

DAS MATERIAL IST GERADE EINGE-
TROFFEN UND MIT IHM DER MOMENT,
VOR DEM MIR ETWAS GRAUTE: DER
EIZELLENTNAHME. AUF DEM MARS
KÜMMERTE SICH EINE GYNÄKOLOGI-
SCHE ASSISTENTIN DARUM.

WORAUF WARTEN SIE, JOACHIM?

ICH FRAGE MICH, OB... WÜNSCHEN SIE EINE BETÄUBUNG?

NEIN, ICH WILL DEN ABLAUF DER OPERATION AUF DEN BILDSCHIRMEN VERFOLGEN KÖNNEN.

GUT... ICH WERDE ZUNÄCHST... ÄH... DIESE SONDE IN DEN GEBÄRMUTTERHALS EINFÜHREN. DANN WERDE ICH EINE NANO-DRONE FREIGEBEN, DIE ICH STEUERE, UM IHRE EIZELLEN EINZUSAMMELN.

LEGEN SIE LOS.

NNFF...

HABE ICH IHNEN WEHGETAN?!

MACHEN SIE WEITER.

KONZENTRIEREN SIE SICH DARAUF, FORTPFLAN-ZUNGSFÄHIGE EIZELLEN ZU ENTNEHMEN.

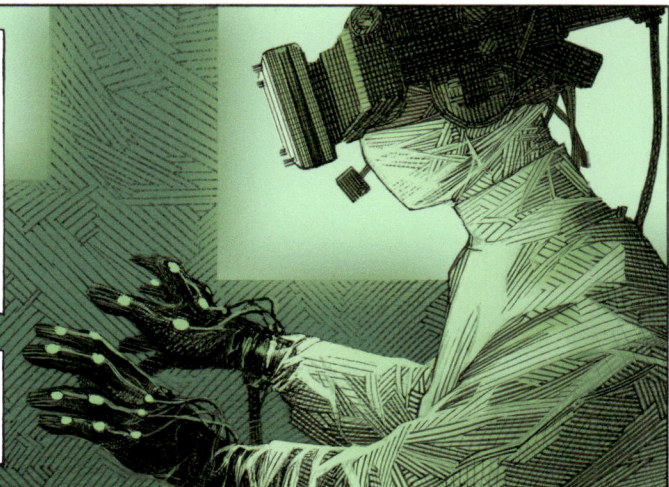

AM STEUER DER DROHNE BAHNE ICH MIR EINEN WEG ZU DEN FOLLIKELN DIESER SO DISTANZIERTEN FRAU. DAS ENTFERNTE UND INTIME INNENLE-BEN AN MEINEN FIN-GERSPITZEN.

ES IST WIRKLICH SEHR SELTSAM.

BITTE?

HA...HABE ICH LAUT GESPROCHEN?!

ÄHM... NEIN, NICHTS.

SO! HIER HABE ICH ZWEI...

MORGEN WERDE ICH BEI LISE DIE EXTRAKTION DER ZELLEN UND ZELLKERNE VORNEHMEN.

MARTHA, ICH WOLLTE NOCH WISSEN...

WAS?

DIE KRAKEN... WAS GENAU IST AM TAG DES UNFALLS PASSIERT?

KOMMEN SIE.

SIE HABEN NICHTS IN DER DATENBANK DES SCHLOSSES GEFUNDEN, WEIL ALLE BERICHTE AUF PAPIER ARCHIVIERT SIND.

WÄHREND EINER AUSGRABUNGSKAMPAGNE HAT EINES MEINER TEAMS EINE REIHE DOKUMENTE ÜBER DEN URSPRUNG DER KRAKEN GEFUNDEN.

SIE WURDEN MITTE DES 21. JAHRHUNDERTS VON DEN MENSCHEN GESCHAFFEN, UM MÜHSELIGE ARBEITEN AUF DEM GRUNDE DER OZEANE ZU VERRICHTEN. EINE ENTFERNTE LINIE MEINER VORFAHREN HAT AN DIESEM PROGRAMM TEILGENOMMEN.

EIN GROSSTEIL DES ABENDS VERBRACHTEN WIR DAMIT, DIE DOKUMENTE ZU STUDIEREN: AUSSCHNITTE AUS WISSENSCHAFTLICHEN MAGAZINEN DES 21. JAHRHUNDERTS, AUF ALTEN DATENTRÄGERN GESPEICHERTE VIDEOS, DIE WIE DURCH EIN WUNDER LESBAR WAREN, UND VOR ALLEM DAS FORSCHUNGSTAGEBUCH EINER BIOLOGIN NAMENS MANDY MUYBRIDGE.

SIE HATTE DIE NOOTROPISCHE SCHNUR ENTWICKELT, EINEN ZUSÄTZLICHEN KOPF-APPENDIX, DER ALS REGELRECHTES MENSCH-TIER-INTERFACE DEM DRESSEUR EINE DIREKTE KOMMUNIKATION MIT DEM KOPFFÜSSER ERMÖGLICHTE.

DER FADEN, MIT DEM DER KRAKEN AM TAG DES UNFALLS EINE VERBINDUNG ZU LISE SCHUF?

JA. LESEN SIE DIE NOTIZEN AM ENDE IHRES TAGEBUCHS. SIE ERWÄHNT, DASS DIE TIERE DAMIT BEGINNEN, SIE UNTEREINANDER ZU BENUTZEN, VORNEHMLICH UM VERLETZTE ARTGENOSSEN ZU BEHANDELN.

WILL SIE DAMIT ANDEUTEN, DASS DER KRAKEN AUF DEM VIDEO VERSUCHT HAT, LISE WIEDERZUBELEBEN? ICH SCHENKE MIR NOCH EIN GLAS EIN UND WECHSLE DAS THEMA.

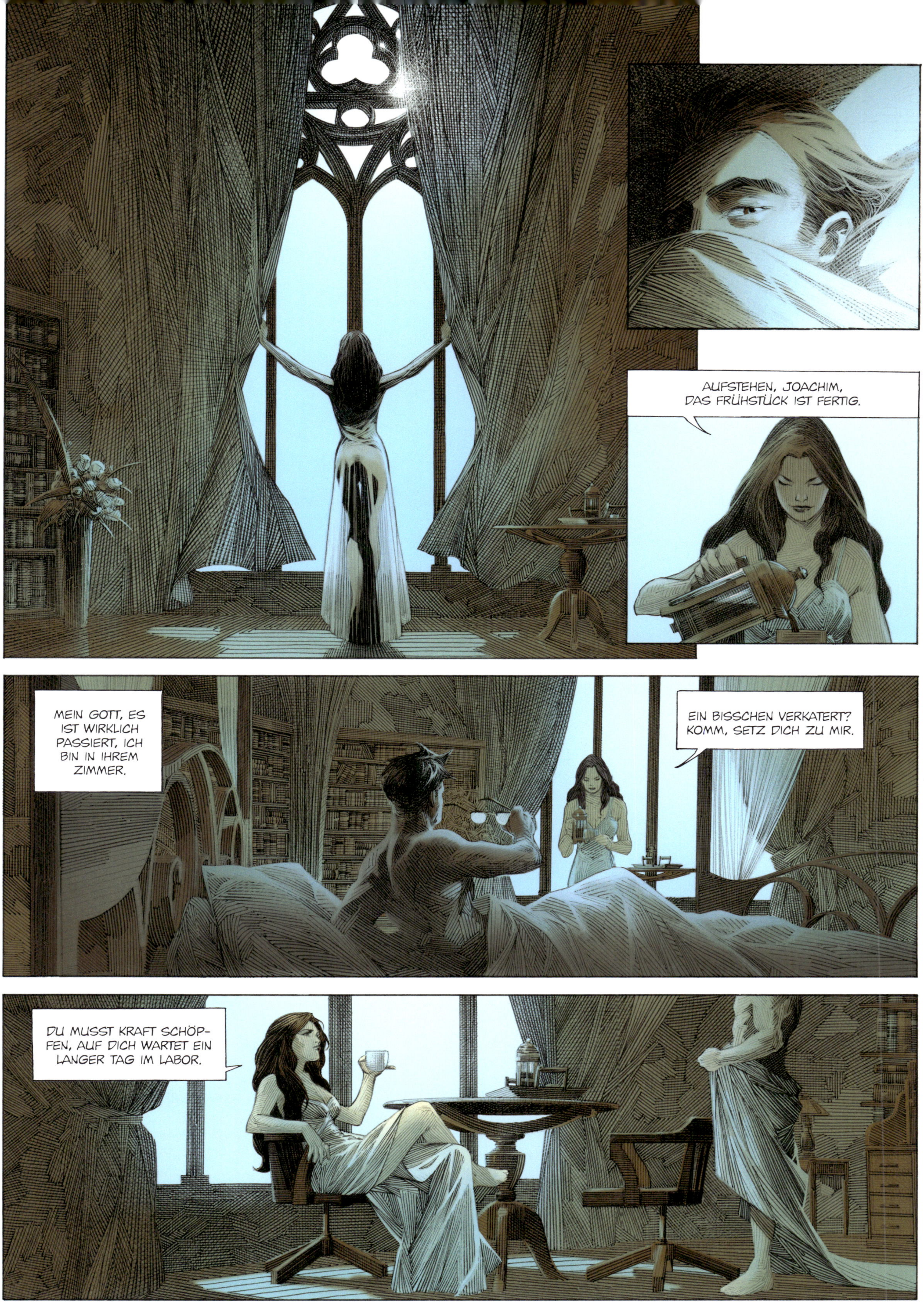

AUFSTEHEN, JOACHIM,
DAS FRÜHSTÜCK IST FERTIG.

MEIN GOTT, ES
IST WIRKLICH
PASSIERT, ICH
BIN IN IHREM
ZIMMER.

EIN BISSCHEN VERKATERT?
KOMM, SETZ DICH ZU MIR.

DU MUSST KRAFT SCHÖP-
FEN, AUF DICH WARTET EIN
LANGER TAG IM LABOR.

DER EMBRYOTRANSFER VERLIEF OHNE PROBLEME. AM NEUNTEN TAG IST DIE BETA-HCG-KONZENTRATION OPTIMAL. DIE SCHWANGERSCHAFT HAT BEGONNEN.

DIE WOCHEN VERGEHEN RUHIG. MARTHA IST GLÜCKLICH. ICH KANN ENDLICH ETWAS DURCHATMEN. GELEGENTLICH ÖFFNET SIE MIR SOGAR DIE TÜR ZU IHREM ZIMMER.

DIE PYRENÄEN. VOR DEM EXODUS MARKIERTEN DIESE BERGE DIE GRENZE ZWISCHEN ZWEI LÄNDERN EUROPAS...

DIESES SCHLOSS GEHÖRTE ZU EINEM GROSSEN HOTELKOMPLEX, DER NACH DEM MODELL VON SCHLOSS NEUSCHWANSTEIN GEBAUT WURDE, EIN EINFALL VON LUDWIG II. VON BAYERN, EINEM ETWAS VERRÜCKTEN DEUTSCHEN KÖNIG.

ICH HÜTE MICH DAVOR, IHR ZU SAGEN, DASS SIE ALS KÖNIGIN DER BERGE DEM IRREN MONARCHEN IN NICHTS NACHSTEHT.
ICH WILL NICHT DAS RISIKO EINGEHEN, IHRE GUNST ZU VERLIEREN.

DIE SCHWANGERSCHAFT ENTWICKELT SICH GUT, ABER MARTHA ERMÜDET SCHNELL. IM SOMMER WERDEN UNSERE
SPAZIERGÄNGE SELTENER. VANDA BEGLEITET UNS BISWEILEN. LETZTENDLICH HABE ICH MICH AN IHRE ANWESENHEIT GEWÖHNT.

HUGO UND ICH NUTZEN DIE ZEIT, UM DAS LABOR FÜR DIE ANKUNFT DES BABYS BEREITZUMACHEN. DER WACHSTUMSBRUTKASTEN
SOLL DEN SÄUGLING IN WENIGEN WOCHEN BIS ZUM ALTER VON ZEHN JAHREN BRINGEN – DAS ALTER, IN DEM LISE STARB.

HUGO TUT SEIN BESTES, UM MIR ZU HELFEN, ABER UNSERE GESPRÄCHE GERATEN SCHNELL AN IHRE GRENZEN
UND ERKLÄRUNGEN BEANSPRUCHEN SEHR VIEL ZEIT. SOFERN ER SICH NICHT AUFHÄNGT.

BEIM DURCHSTÖBERN DES LAGERS ENT-
DECKE ICH EIN BIDIREKTIONALES NEURAL-
VERBINDUNGSSET. DER GEBRAUCHSAN-
LEITUNG ZUFOLGE IST DAS IMPLANTIEREN
EINES EXOCORTEX SCHMERZFREI. UNSINN.

NACH DEN MÜHSELIGEN EINSTELLUNGEN KANN ICH NACH BELIEBEN DIE KONTROLLE
ÜBER HUGOS MOTORISCHE UND VISUELLE FUNKTIONEN ÜBERNEHMEN.

SCHWERE LASTEN STELLVERTRETEND HOCHZUHIEVEN IST BERAUSCHEND. AN EINEM HALBEN TAG HABE ICH DAS GESAMTE LABOR NEU EINGERICHTET.

IN DEN FOLGENDEN WOCHEN WERDE ICH RICHTIG SÜCHTIG NACH DEN GEFÜHLEN, DIE MIR DIESER ERSATZKÖRPER BEREITSTELLT. HOLZFÄLLEN, SCHWERE ERDARBEITEN, ENTTRÜMMERUNG, JEDER VORWAND IST GUT, UM MEINE NEUARTIGE KRAFT ZU ERPROBEN.

GANZ ZU SCHWEIGEN VON DEN NÄCHTEN IM FREIEN, IN DENEN ICH DANK MEINER VISUELLEN FÄHIGKEITEN MIT BLOSSEM AUGE ASTRONOMISCHE STUDIEN BETREIBE.

MARTHA DROHT MIR MIT EINEM VERBOT MEINER BESUCHE IN IHREM BETT, WENN ICH NICHT AUF DER STELLE DAMIT AUFHÖRE. ICH GEHORCHE.

SIE ENTBINDET IM HERBST. HUGO ASSISTIERT MIR ALS HEBAMME, UND ALLES LÄUFT PERFEKT.

ICH VERSUCHE MARTHA ZU ÜBERZEUGEN, DEM BABY EINE NATÜRLICHE ENTWICKLUNG ANGEDEIHEN ZU LASSEN, VON DER IDEE ABZUSEHEN, ES IN DEN WACHSTUMSBESCHLEUNIGER ZU LEGEN, DER ES IN WENIGEN WOCHEN BIS ZUM ALTER VON ZEHN JAHREN BRINGEN SOLL.

ES IST VERGEBLICHE LIEBESMÜH. SIE BESTEHT DARAUF, IHRE TOCHTER SO WIEDERZUBEKOMMEN,
WIE SIE IM MOMENT IHRES TODES WAR. ICH LEGE LISE IN DEN BRUTKASTEN.

IN DEN FOLGENDEN TAGEN MUSS ICH DIE WACHSTUMSKURVE DES KINDES ÜBERWACHEN UND GLEICHZEITIG
MARTHAS POSTNATALE DEPRESSION BEWÄLTIGEN.

IHRE LAUNEN SIND MIR UNERTRÄGLICH UND ICH ÜBERLASSE SIE SCHNELL DER OBHUT VON HUGO.

IHRE DEPRESSIVEN STÖRUNGEN VERSCHWINDEN ZU BEGINN DES WINTERS UND ICH KANN
ERNEUT MIT MARTHA RECHNEN, UM MICH AN LISES BETT ABZULÖSEN.

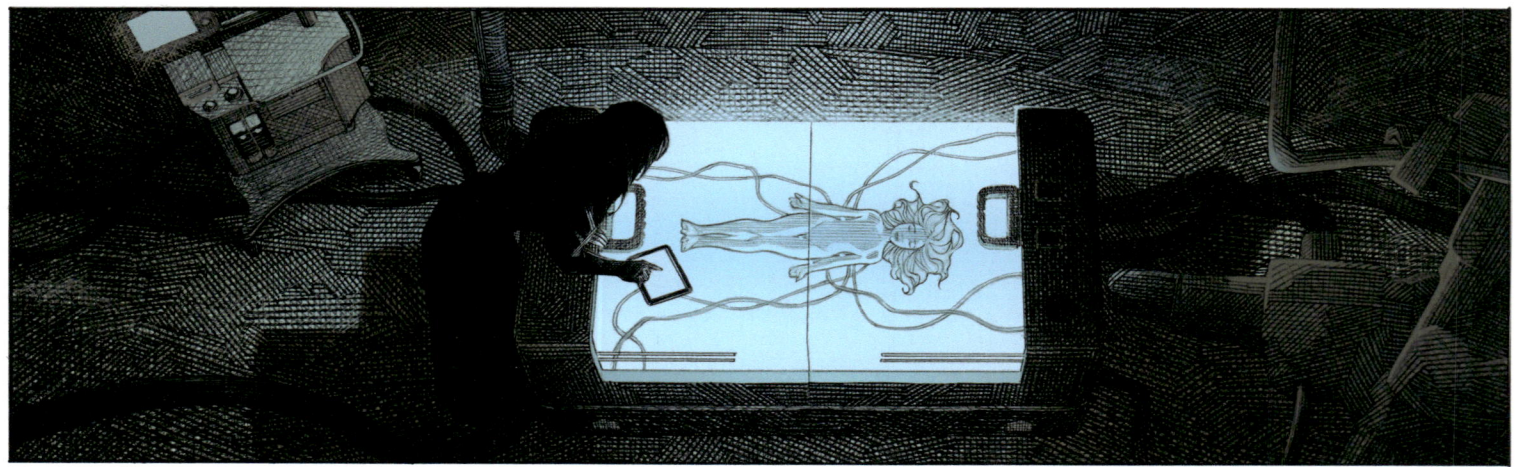

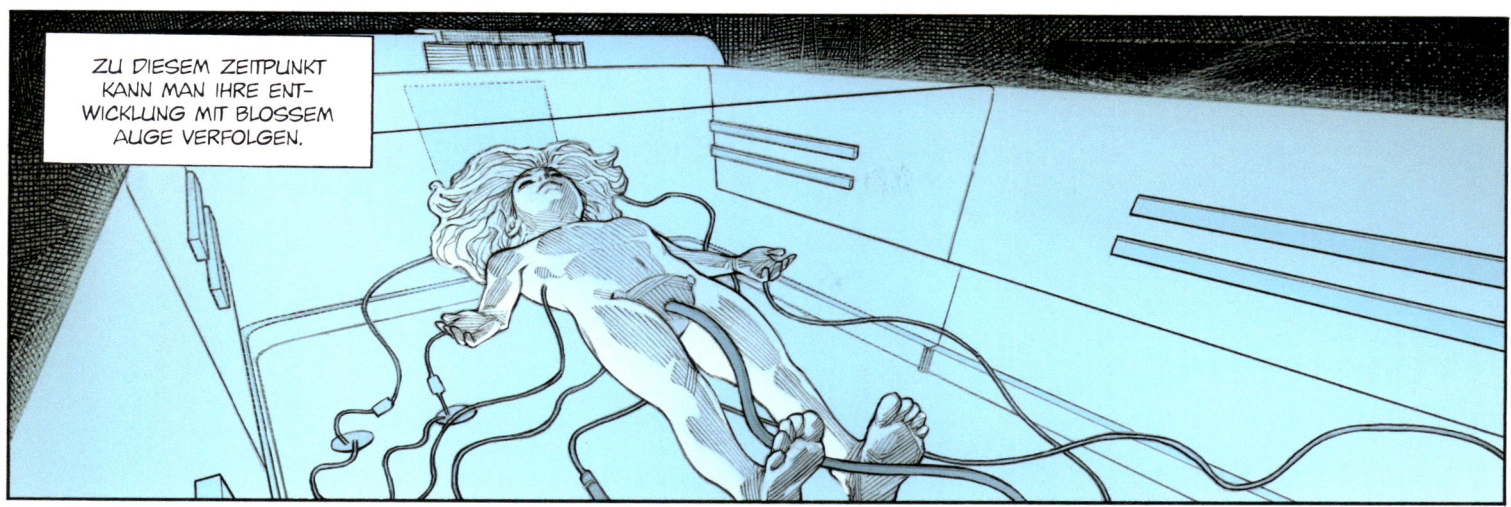

ZU DIESEM ZEITPUNKT KANN MAN IHRE ENT-WICKLUNG MIT BLOSSEM AUGE VERFOLGEN.

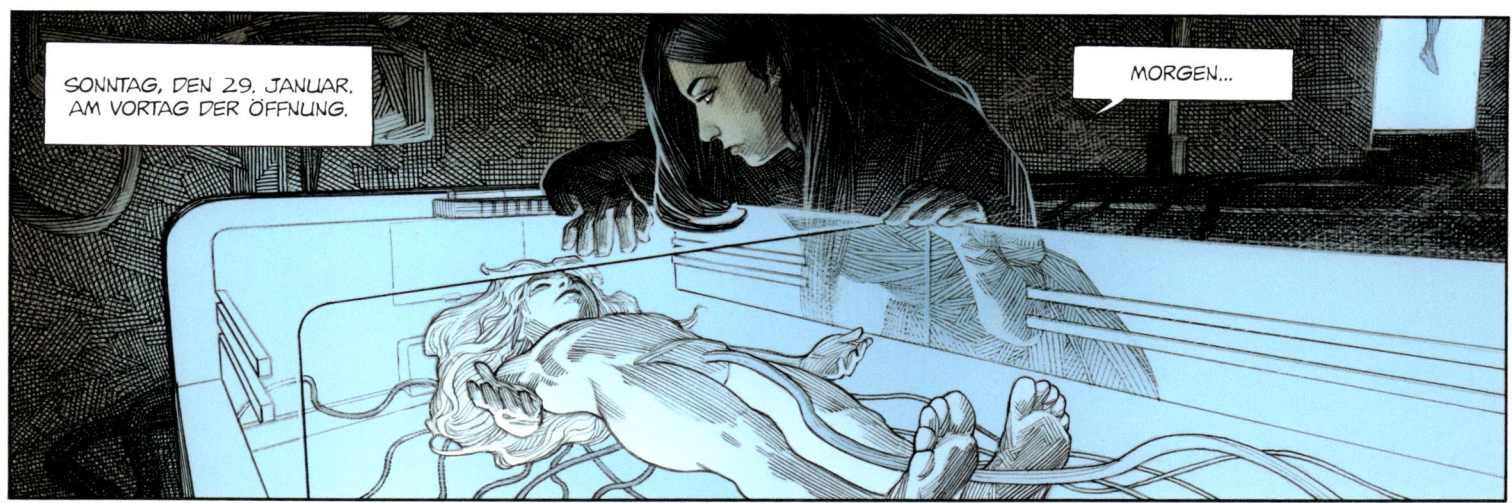

SONNTAG, DEN 29. JANUAR. AM VORTAG DER ÖFFNUNG.

MORGEN...

... MORGEN WERDEN WIR DEN DECKEL ÖFFNEN UND ICH KANN DICH WIEDER IN MEINE ARME NEHMEN, MEIN ENGEL.

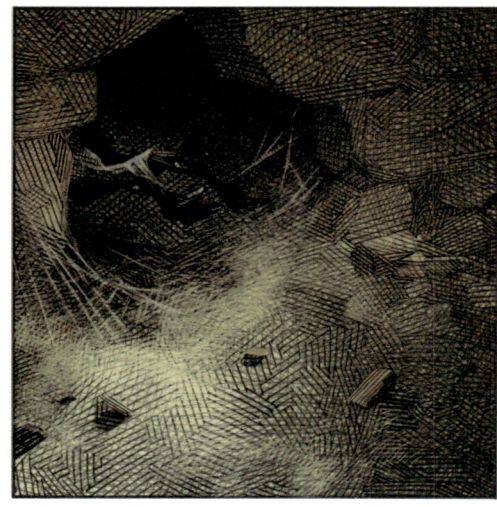

EIN LUFTZUG. DIESE ÖFFNUNG FÜHRT BESTIMMT NACH DRAUSSEN.

?!

PFUI...

BLOSS RAUS HIER...

MAL SEHEN, WOHIN DIESE ÖFFNUNG AUS DEM WACHSAAL FÜHRT.

DORT IST ES, EIN ALTER WARTUNGSKORRIDOR, HALB VERSCHÜTTET UND SEIT EWIGKEITEN VON SPINNEN BEVÖLKERT.

ER KOMMT HIER RAUS, AM SÜDLICHEN HANG. ALLE AUSSENKAMERAS AUF DIESER SEITE SIND AUSSER BETRIEB...

MEIN GOTT, MEINE KLEINE LISE, GANZ ALLEIN DA DRAUSSEN. WIE SOLLEN WIR SIE WIEDER HIERHER ZURÜCKBRINGEN UND...

MARTHA... DAS IST NICHT MEHR LISE. SIE... DIESES DING WOLLTE UNS TÖTEN.

SIE HAT GESPROCHEN, SIE HAT HUGO WIEDERERKANNT!

SETZ DICH UND HÖR ZU. WIR WERDEN JETZT FOLGENDES TUN...

... ICH WERDE HUGO AN DIE BILDSCHIRME ANSCHLIESSEN, DANN KANNST DU UNS VON HIER AUS SICHER VERFOLGEN.

WAS?! NEIN, KOMMT NICHT INFRAGE!

DIESER SAAL WIRD UNSERE ZENTRALE SEIN UND ICH BRAUCHE DICH FÜR DIE FOLGENDE PHASE. WÄHREND ICH MIT HUGO NACH LISE SUCHE, WIRST DU DEIN TEAM IM TAL KONTAKTIEREN. WIR WERDEN SICHER HILFE BRAUCHEN, UM SIE HIERHER ZURÜCKZUBRINGEN.

GUT... IN ORDNUNG.

SCHLIESS DIE TÜR ZWEIMAL AB.

BRING SIE ZURÜCK, JOACHIM.

HABT IHR WAFFEN IN DIESEM SCHLOSS?

HIER LANG.

K-KRR... HÖRST DU MICH? ... KRWZZ...

DIE KOMMUNIKATION IST GESTÖRT, GENAU WIE MIT DEM TAL. ICH VERSUCHE, DAS ZU REGELN.

SICHER DAS WETTER. HALT DEN KANAL OFFEN.

?

SIEH DORT, JOACHIM.

EINE HAUT... SIE VERWANDELT SICH WEITER.

ES IST NOCH WARM, SIE IST NICHT WEIT WEG...
SCANN MAL DIE UMGEBUNG, HUGO.

HIER...

... DIE SPUR.
SIE IST
UMGEKEHRT.

MEINE GÜTE!
MARTHA!

... MARTHA, HÖRST
DU MICH?!

?

... M...
MARTHA...
... ZTT... VER-
SPE... KRRR...

?!

... WIR... OMMEN...
KRR...

L...LISE?

JOACHIM! FLIEH MIT MARTHA! *JETZT!*

MARTHA!

SCHNELL! HUGO WIRD DIESES DING NICHT MEHR LANGE BEZWINGEN KÖNNEN!

KONNTEST DU DEIN TEAM IM TAL KONTAKTIEREN?

DIE LEITUNG WAR GESTÖRT. ICH DENKE, JA.

AAARH...!

JOACHIM?!

ICH... ICH STEHE NOCH IMMER MIT HUGO IN NEURALKONTAKT UND... MEIN GOTT... ER...

... ER WURDE GERADE VER-SCHLUCKT!

STEH AUF!

NNNH... ICH...

STEH AUF! LOS! WIR MÜSSEN AUF DIE BRÜCKE DER SEILBAHN. DAS IST DAS VERFAHREN FÜR EINE NOTFALL-EVAKUIERUNGEN.

SIE WARTEN SICHER SCHON AUF UNS.

HUGO... ICH NEHME SEINE GEDANKEN WAHR. ER... ER LEBT NOCH UND IST IM INNERN...

... DIESES WESENS... ES VERSUCHT SICH MIT IHM ZU VERBINDEN... ES IST ZORNIG...

... ES...

... ES VERWANDELT SICH WIEDER!

ICH SEHE...

... ICH SEHE, WAS DAS DING SIEHT.

... ES SIEHT UNS ZU, WIE WIR ZUM AUSGANG FLIEHEN...

... ICH FÜHLE, WAS ES FÜHLT...

... ES IST RASEND VOR WUT...

HUGO VERSUCHT LISE, DIE MONSTER-LISE, ZU BERUHIGEN, ZU BESÄNFTIGEN...

... ABER ICH FÜHLE NOCH ETWAS ANDERES. WIE EIN UNRUHIGES BEWUSSTSEIN, DAS MEINEN VERSTAND ÜBERSTEIGT...

... EINE FLUT VON NICHT-MENSCHLICHEN GEDANKEN.

... DAS NEST.

MEIN GOTT, SIEH DIR DAS AN! DAS SCHLOSS IST IM BEGRIFF EINZUSTÜRZEN!

DORT! DIE CHEFIN UND DER ARZT! LASS DIE RAMPE RUNTER, UM SIE ZU BERGEN!

ICH WERDE IN EINE VERTIKALE POSITION ZWISCHEN DEM LANDE-PLATZ UND DEM SCHLOSS GEHEN.

... MACH DICH BEREIT!

ALLES KLAR, ICH SEHE SIE!

BEI DIESEM WIND KANN ICH NICHT NÄHER RANKOMMEN! ICH LASSE IHNEN DAS SEIL RUNTER!

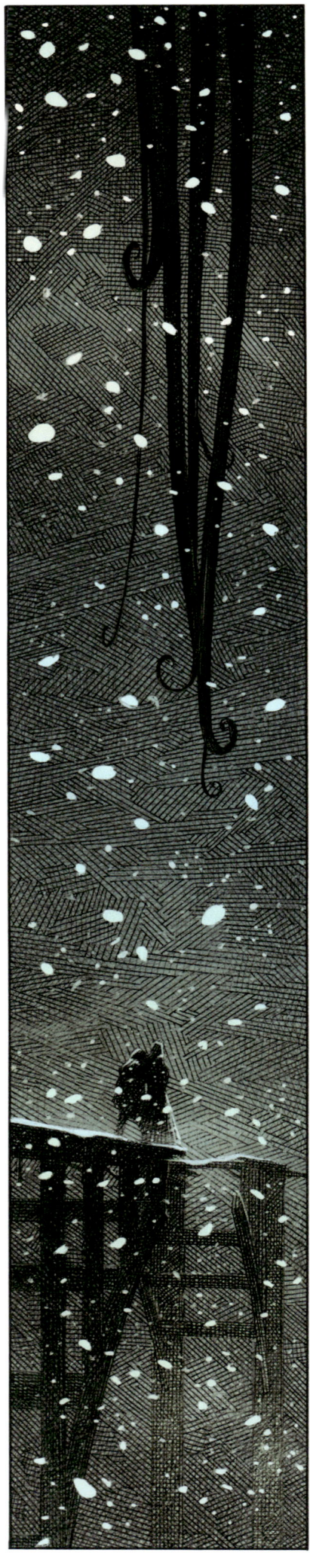

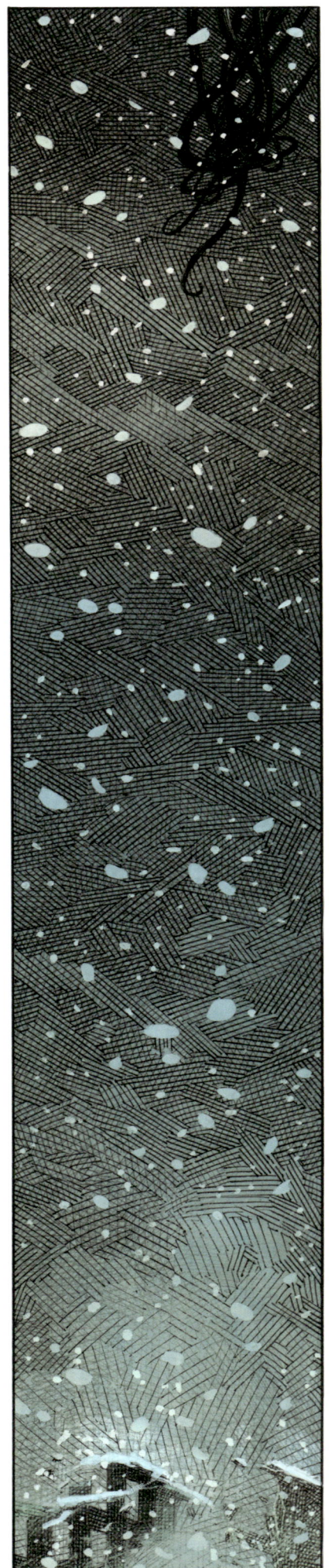
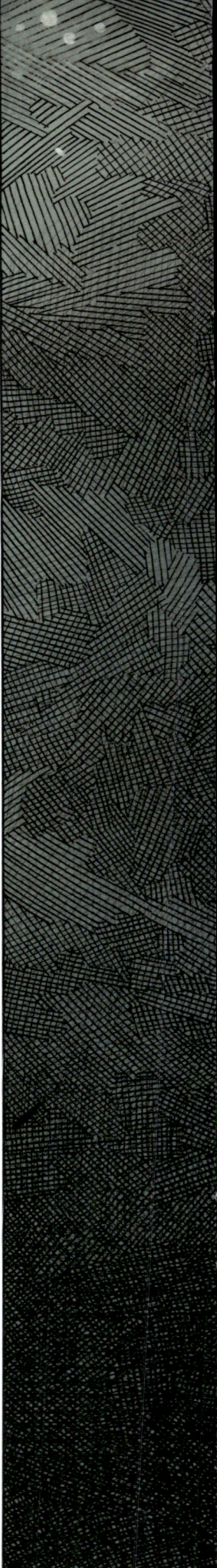

MAMA...?

L...LISE?

... LISE... ICH FÜHLE NICHTS... ICH SEHE NICHTS... JOACHIM?

ICH BIN HIER.

IHR SEID JETZT BEIDE ZUSAMMEN IM NEST.

SIND WIR TOT?

JA, JOACHIM. DAS HEISST... EURE PHYSISCHEN KÖRPER EXISTIEREN NICHT MEHR...

... ABER EUER BEWUSSTSEIN WURDE AUF HUGOS QUANTEN-FESTPLATTE KOPIERT. DEINES WAR DANK EURER NEURALVERBINDUNG SCHON TEILWEISE VORHANDEN.

SEINE METALLENE STRUKTUR SCHÜTZT IHN VOR UNSERER MAGENSÄURE.

WO SIND WIR GERADE? ICH MEINE, WAS PASSIERT DORT DRAUSSEN?

LASS DEIN BEWUSSTSEIN IN DEN FLUSS DES NESTES GLEITEN, MAMA. JOACHIM, DU HAST DIESE ART VON VERBINDUNG SCHON MIT HUGO ERFAHREN. HILF IHR, DANN WERDET IHR ZUGANG ZU UNSEREN SINNEN HABEN.

... UND?

... SPÜRT IHR DEN WIND? DEN SCHNEE?

SOGAR DAS TEMPO... RASEN WIR INS TAL HINAB?

JA, DAS NEST BRAUCHT DEN RAUMTRANSPORTER, UM SICH AUF DEN MARS ZU BEGEBEN.

... UND DIE MENSCHEN AUFZUSAUGEN, DIE SICH DORT BEFINDEN, STIMMT'S?

GENAU. SO, WIE ES AUCH DEIN BEWUSSTSEIN AUF-NIMMT, JOACHIM...

... WIR MÜSSEN DIE MENSCHHEIT IN SCHACH HALTEN, DAMIT SIE SICH NICHT JENSEITS DES ASTE-ROIDENGÜRTELS AUSBREITET.

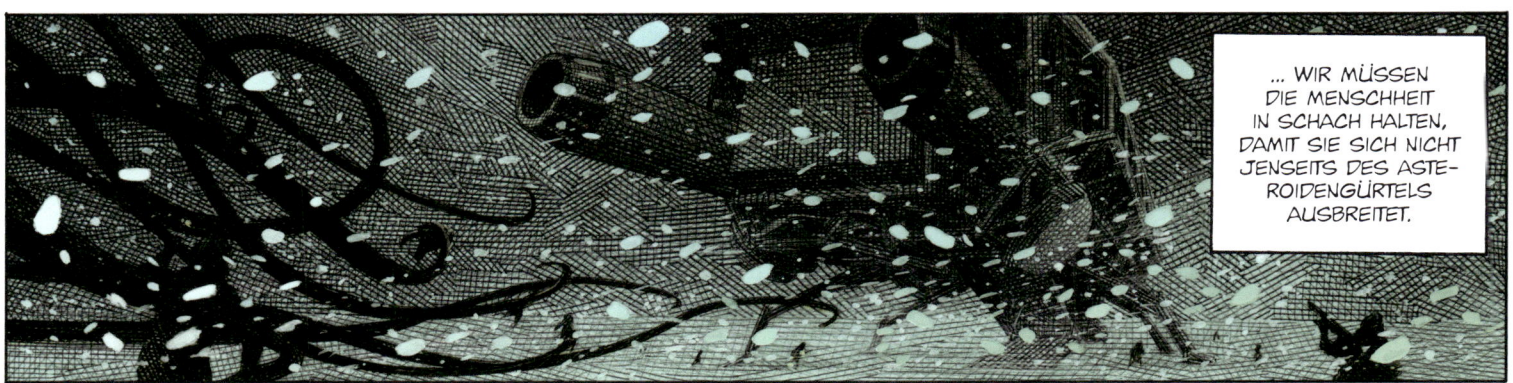